POÈME COMIQUE

PAR

MATHUSALEM

CROTILLON

CHANT PREMIER

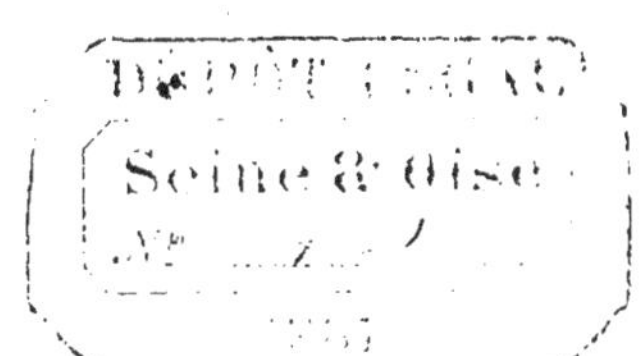

CROTILLON

Épisode de l'Histoire d'un Gendre

POÈME COMIQUE

PAR

MATHUSALEM

DÉDIÉ A M. LE COMTE LUIDGI DI NIGAUDINOS Y CAMBRONNERO

CHANT PREMIER

Toi qui jamais de l'Arétin
Ne distilla le noir venin,
Toi qui des perles du lutrin
A du Pinde enrichi l'écrin;
Boileau, de ton malin sourire
Fais que ma muse ici s'inspire
Et, joyeuse, emprunte à ta lyre
La corde où vibrait la satire.
Aujourd'hui, qui peut le nier,
Le moindre gâcheur de papier,
Se croit le droit d'injurier,
Au besoin de calomnier
Le meilleur citoyen de France,
Et Thémis garde le silence !
Je puis dès lors, sans imprudence,
Me permettre une médisance.

Naguère Achille Crotillon,
Un disciple d'Anacréon,
Se vit dans l'obligation
D'absorber une potion
Noire, fétide, épaisse, amère,
Qu'il cachait dans un secrétaire ;
Il tenait d'une chambrière,
Ce que la belle Féronnière
Tint jadis d'un époux grincheux
Et même, à tout prix désireux
De goûter le plaisir des dieux ;
Mais revenons au malheureux.
Or la méthode la plus sure,
En pareille mésaventure,
Pour obtenir entière cure,
Est le régime du mercure.
Aussi notre homme en a pris tant,
Qu'il est guéri pour le moment ;
Mais il lui faut dorénavant
Un objet moins compromettant.
Je sais, dit-il, une blondine,
Charmant visage, taille fine,
A qui sa nature féline
Ferait, sans doute, à la sourdine
Commettre une infidélité ;
Mais l'entretient de sa beauté
Exigerait en vérité,
L'eau du Pactole à volonté.
Je veux, d'ailleurs, exempt d'alarme
D'un doux repos goûter le charme
Et, d'ici, j'entends le vacarme
Que son époux, un maître d'arme,

Ferait sans doute, en découvrant
Que l'infidèle a gentiment
Accueilli les vœux d'un amant.
A moins, que ne se départant
D'un préjugé que l'on commence
A trouver ridicule en France,
Il ne place dans la balance,
Près de l'argent qu'elle dépense,
Celui que laisse un amoureux,
Aussi discret que généreux,
Et ne constate que le mieux
Est pour lui de fermer les yeux.
Je veux avoir dans la noblesse,
Ajoute-t-il, une maîtresse
Qui, dédaigneuse de ma caisse,
N'ait souci que de ma tendresse;
Je suis bien pris, robuste, grand,
Près du beau sexe entreprenant,
Et sait tourner un compliment;
Je l'aurai donc facilement,
Pour peu que le sort me sourie;
Alors j'abandonne *Marie*, *
Et déserte la brasserie
Qui fut ma seconde patrie.
Sur ce, le nouveau Céladon,
Portant barbe rouge au menton,
Prend des airs de distinction,
Et singe l'homme de bon ton.
Mais la force de l'habitude,
Unie au défaut d'aptitude,
Fait que la belle la moins prude,
Perçant à jour sa platitude,

* La favorite de Crotillon.

Lui tourne aussitôt les talons;
Et bref, à bout d'illusions,
Pour y trouver jeunes tendrons,
Il retourne dans ces maisons
Où, libre de la moindre enquête
Tout client, fût-il archi-bête,
De qui lui plaît fait la conquête
Dès qu'il adhère à la requête
Du trésorier de Cupidon,
Ou bien, à la condition
D'être sous sa direction
Le jour et la nuit de planton.
C'est là, que pour tenir sa caisse,
Avec le tact et la finesse
Qu'on lui connait, il eut l'adresse
De dénicher une Lucrèce.
Il la mène au bois le matin,
Le jour dans quelque magasin,
Et le soir lui réserve enfin,
Loge au théâtre et souper fin;
Si bien, qu'au jour de l'inventaire,
A la place de numéraire,
Dans la caisse il ne restait guère,
Que des notes d'apothicaire.
Sous le poids de ce coup fatal,
Craignant, pour résultat final,
D'être réduit à l'hôpital,
Il cherche un autre capital;
A défaut d'amis, il espère
L'obtenir de sa belle-mère
Qui, très riche propriétaire,
Maintes fois, l'a tiré d'affaire;

Mais, à raison de certain fait,
Qui gravement le compromet,
A juste titre elle pourrait
Refuser un nouveau bienfait.
Non, si tenace est sa faiblesse,
Que des enfants une caresse,
Alors, même qu'on la délaisse,
Suffit à l'aveugle tendresse
Sur laquelle il ose compter,
Et, c'était pour mieux l'exploiter,
Qu'il a refusé d'accepter *
L'offre qu'elle fit d'adopter,
Sans tort aucun pour la famille,
Sa filleule et petite-fille ;
Ce n'est pas moi qu'on entortille,
S'était-il dit ; quand ça mordille,
Le pêcheur, l'œil sur le bouchon,
Attend qu'il fasse le plongeon
Pour appréhender le poisson
Pris, cette fois, à l'hameçon.
Mais, cette injuste méfiance
A ses yeux est sans conséquence,
Et de mère-grand, vu l'urgence,
Il sollicite, avec instance,
Une prompte intervention.
Alors, et sans condition,
Auprès du Crédit de Lyon * *
Elle se rend sa caution.
Mais ce service, il l'envisage
Comme une dette, et dans sa rage,
Quand il apprend son mariage,
Il ose tenir un langage,

* Exact.
* * Exact.

Dont rougirait un décrotteur,
A ce point, qu'un vieux serviteur
Indigné, requiert un docteur,
Qui le menace de Pasteur.
Atterré par cette menace,
Une sueur froide le glace,
Sa voix tremble, et, de tant d'audace,
Bientôt il ne reste plus trace.
Ainsi, dans la rue, un roquet
Fait tapage, et soudain se tait,
Quand son maître armé d'un fouet,
Au seuil de sa porte apparaît.

CHANT DEUXIÈME

CHANT DEUXIÈME

Toujours en proie à la colère
Qu'il lui fallut rentrer naguère,
Crotillon court au presbytère
Au curé raconter l'affaire,
Et pendant qu'avec certain art
De ses griefs il lui fait part,
A la servante, à tout hasard,
Il décoche un tendre regard.
Et quand pour tracer une épître,
L'abbé s'installe à son pupitre;
Il l'aborde, et du ton d'un pître,
A votre estime, mon seul titre,
Hectorine, est le tendre émoi
Que vos charmes font naître en moi,
De Cordon bleu, si j'étais roi,
A ma cour vous auriez l'emploi;
Vous, bonne dans une humble cure,
C'est dérisoire, et surtout jure
Avec les dons, qu'outre mesure,
Vous a départis la nature.
Hectorine, à ce compliment,
Comme une fleur, au gré du vent,
S'incline gracieusement,
Et lui répond, en minaudant:

Monsieur, vous avez de la veine,
Notre curé, cette semaine,
Doit aller voir la châtelaine,
Cause pour vous de tant de peine;
Et par lui, car il est vraiment,
Beau diseur, et même éloquent,
Vous pourrez près de mère-grand
Rentrer en grâce assurément:
Je sais qu'elle aime la petite,
Qu'elle désire sa visite,
Partant, donnez vous le mérite
De la lui conduire au plus vite:
Amenez-la dimanche ici,
La dame y vient sans son mari,
Et du reste n'ayez souci.
Le pasteur, son courrier fini,
Cachète sa lettre, la serre,
Puis apprêtant un petit verre,
Il atteint, sur une étagère,
Un fin tonnelet de Madère
Qui semble ne pas y moisir:
Laissez moi, dit-il, vous offrir
Quelques gouttes d'un élexir,
Qui seul du spleen peut me guérir,
Et ce mal parfois me tourmente.
Puis s'adressant à la servante,
Qui demeurait bouche béante:
Si pour me voir l'on se présente,
Vous direz que je suis absent;
Comme à Paris je vais souvent,
On le croira facilement.
A la cave allez maintenant,

Et m'apportez cette bouteille
Qui derrière un fagot sommeille,
Et que l'on dit être si vieille
Qu'on n'en trouve plus de pareille.
C'est à vous, mon cher visiteur,
Qui passez pour fin connaisseur,
D'en apprécier la valeur,
Même par un joyeux viveur,
Qui vous tient compagnie à table.
J'ai su que vous êtes capable
De donner son nom véritable
A tout vin tant soit peu sortable.
Lors d'un regard malicieux,
Enveloppant notre amoureux,
La bonne va d'un pas joyeux
Chercher ce vin digne des Dieux.
Qui, d'après le Curé, doit rendre,
Sans le moindre danger d'esclandre,
Son Monsieur aussi gai que tendre.
Puis de retour elle va prendre,
Dans un coffre en bois de sandal,
Lamé d'un précieux métal,
Deux belles coupes de cristal,
Héritage d'un général,
Qui, noble enfant de l'Armorique,
Avait d'un courage héroïque
Jadis fait preuve en Amérique,
Quand la naissante république
Secoua le joug d'Albion.
Enfin avec précaution,
Elle retire le bouchon,
Et, s'approchant de Crotillon,

Lui verse la liqueur divine.
Celui-ci, d'abord examine
Au jour sa teinte purpurine,
Puis le bouquet le détermine,
Et, d'un seul trait, sans sourciller,
Il vide le verre en entier;
D'autres ont le sort du premier,
Et dans ses yeux on voit briller
Certaine lueur indécise,
Que le Curé peut, à sa guise,
Attribuer à la surprise
Aussi bien qu'à la convoitise,
Car bientôt après Crotillon,
Dans un moment d'effusion,
Lui dit : Votre vin est fort bon,
Mais ce n'est que du Roussillon;
Moi, récemment j'ai fait emplette
D'un vin, que seul Rothschild achète,
Et deux tonneaux, venus de Cette,
Au Château, dans une cachette,
Repose au fond du cellier,
Où, jusqu'au jugement dernier,
On pourrait bien les oublier.
Or, l'Abbé, par le sommelier,
Ou par tout autre domestique,
Dès longtemps, savait l'historique
De ce vin fort peu catholique.
Mais, loin d'en faire la critique,
Et sans nulle hésitation,
Il félicite Crotillon
De sa riche acquisition.
Changeant de conversation

Ce dernier alors *déblatère*, *
Comme toujours, contre grand'mère,
Prétend qu'elle est avare, altière,
Capricieuse et rancunière.
J'ai cherché, sans penser à mal,
A rompre un hymen anormal :
Et, depuis ce tort idéal,
Elle me traite en vrai vassal;
Moi, Crotillon, dont chaque ancêtre, **
Dans sa vie avala peut-être,
Chaque jour, *enduits de salpêtre*,
Vingt des harengs qu'avait vu naître,
Le flot lointain des mers du nord.
Moi, dont les armes sont encor
Un magnifique hareng-saur
Émergeant d'une caque d'or.
Mais il est vrai, je le confesse,
J'avais commis la maladresse,
Et c'est là que le bât me blesse,
De la quitter, *quand ma maîtresse* ***
Par elle fut chassée, à tort.
Ah ! si du moins le juste sort
Pouvait précipiter sa mort,
Je viderais son coffre-fort,
Et ma peine serait finie.
Le curé voyant qu'il s'oublie,
Dans une onctueuse homélie,
Cherche à lui prouver que la vie
N'est qu'un passage, où constamment
Surgit tel mal, tel accident
Qu'il faut savoir, le ciel aidant,
Supporter courageusement.

* Habitude de Crotillon.
** Prétention habituelle de Crotillon.
*** Exact.

Mais entêté comme une mule,
Crotillon restant incrédule,
Et traitant de vaine formule,
Les maximes du digne émule
De Fléchier et de Fénélon;
Le prêtre eut l'intuition
D'une double citation
Qui lui fit entendre raison.
Job dédaigne, dit l'écriture,
Des siens le mépris et l'injure,
Et contre Dieu, dans sa torture,
Jamais, il n'élève un murmure.
Dieu qui voulait, en l'éprouvant,
Faire éclater son dévouement,
Le rend plus riche, plus puissant,
Plus honoré qu'auparavant.
Comme au feu l'or se purifie,
Par le malheur Dieu sanctifie
Le juste dont il apprécie
La grandeur d'âme, ainsi Tobie,
Quand à Ninive les tribus
Subissent le sort des vaincus,
Devient aveugle, et ne peut plus
Offrir que des vœux superflus,
A ses compagnons de misère,
Mais au ciel monte sa prière,
Et Dieu lui rendant la lumière,
Lui conduit Sarah dont naguère
Son fils vient d'obtenir la main.
Jamais, fut-il un publicain,
Le mortel ne s'adresse en vain,
A l'arbitre du genre humain.

Je vais l'implorer, et j'espère
Qu'ayant égard à ma prière,
Il rendra votre belle-mère
Pour vous, désormais, moins sévère.

CHANT TROISIÈME

CHANT TROISIÈME

Crotillon déjà du Seigneur
Croit voir, à ces mots du pasteur,
Sur lui descendre la faveur;
Et dans ses yeux roule une pleur,
*Mais, pour lui feindre est si facile,**
Qu'il ferait, s'il était utile,
En eau se fondre sa pupille,
Alors que sous cape il jubile.
Par ce don, il est au niveau,
En quelque sorte, du chameau,
Dont le thorax est comme un seau
Duquel il peut aspirer l'eau,
En parcourant les mers de sable.
Le bon curé trop charitable
Pour juger Crotillon capable
De lui jouer un tour semblable,
Donne à tel point dans cette pleur,
Qu'il croit fermement au Seigneur
Pouvoir ramener ce pécheur,
Dont la grâce a touché le cœur,
Et sans plus, il lui certifie
Qu'il pourra, s'il change de vie,
De même que Job et Tobie
Dompter la fortune ennemie.

* Don naturel de Crotillon.

Confessez vos torts cher enfant,
Surtout soyez-en repentant,
Et dans votre établissement,
Pleuvront bientôt l'or et l'argent.
Crotillon attendri se lève,
S'agenouille, et d'une voix brève:
Je raffole des filles d'Ève,
Une surtout en moi soulève
Les flots irrités du désir,
Et sous l'étreinte du plaisir,
Je voudrais pouvoir la sentir
Pour renaître, en mes bras, mourir.
Si quelque belle créature,
Qui se jouant de la nature,
En or a teint sa chevelure,
Laissait tomber, dans un murmure,
En s'éloignant, ces mots si doux:
C'est pour ce soir le rendez-vous.
Qui pourrait, soit dit entre nous
Sans exciter votre courroux,
Lui marchander sa gratitude.
Mais, soyez sans inquiétude,
En fait de tendre servitude,
La question de lassitude
Est toujours à l'ordre du jour.
Et d'ailleurs, j'ai plus d'un amour,
Aux belles, je fais tour à tour,
Comme Joconde, un doigt de cour.
Abordant un autre sujet;
Je suis menteur, faux, indiscret,
Mauvaise langue, trop gourmet,
Et n'ai jamais su d'un bienfait

Garder la moindre souvenance.
De mes vœux, enfin, je devance
Le moment où la providence
Doit m'accorder la jouissance
Des biens de cette mère-grand,
A qui j'ai joué récemment,
Un tour affreux, digne vraîment
Du plus immonde garnement;
De ce tour, un fait a pu naître,
Interrompt brusquement le prêtre,
Si coupable, qu'il est peut-être
De ceux dont je ne puis connaître,
Et que le grand pénitencier,
Dans certain cas particulier,
Seul a pouvoir de délier.
Veuillez donc, pour le pallier,
N'user d'aucune réticence.
Après un moment de silence,
Crotillon perdant contenance,
En appelle à son indulgence;
Au crayon bleu, dans mes bureaux,
Malgré mes sentiments filiaux, *
J'ai souligné, dans trois journaux,
Soupire-t-il, un récit faux,
Dont je savais la provenance;
Bien plus, j'ai sur la conscience,
De l'avoir, après, par vengeance,
Fait parvenir, en diligence,
Dans son castel, à mère-grand.
Il est vrai, qu'un vil intrigant
Sur ma rancune spéculant,
M'avait su faire l'instrument

* Terminaison des lettres de Crotillon.

De cette infecte vilenie;
Puisse bientôt la félonie
De ce fauteur de calomnie,
Être sévèrement punie.
Je vais, certain cher Crotillon,
Qu'à défaut de contrition,
Vous possédez l'attrition,
Vous donner l'absolution.
Dites sept fois pour pénitence,
Mon Dieu prolongez l'existence
De celle, à qui, j'ai par vengeance,
Causé si cruelle souffrance.
Surtout pas de respect humain,
A ces mots lui tendant la main:
A Paris, je me rends demain,
Revenez dimanche prochain.
Là-dessus, il sonne Hectorine,
Qui, suçant une mandarine,
Écoutait tout de sa cuisine;
Elle ajuste sa pélerine,
Accourt, et quelle est sa stupeur,
D'entendre son adorateur,
Dire au curé: Cher directeur,
Ce sera pour la Chandeleur.
Vraîment, c'est à ne pas y croire,
Se dit-elle, et dans sa mémoire,
Du vin exquis revient l'histoire,
Mesurant son désir d'en boire
Au tendre aveu du châtelain,
Elle court au château soudain,
Pénètre dans le souterrain,
Et, son rat de cave à la main,

Découvre rangée en bataille,
Le long de la sombre muraille,
Côte à côte, chaque futaille.
Avec son eustache elle taille
Dans un brin de bois un fausset,
S'empare ensuite d'un foret,
D'une lampe, d'un gobelet,
Que sur le sol, quelque valet,
A laissé par étourderie,
Perce le fût, boit, et s'écrie:
Quelle est cette boisson pourrie?
On dirait du jus d'écurie.
Elle jette le gobelet,
Dans le trou fixe le fausset,
Et s'allongeant comme un furet,
Frôle la porte et disparaît.
Mais elle est tellement émue,
De sa triste déconvenue,
Qu'elle croit avoir la berlue;
Enfin au logis revenue,
Elle pousse un bruyant soupir,
Et de crainte de défaillir,
Dans son armoire va quérir
Le rhum qui doit la soutenir.
Jamais cette frasque éhontée
Ne se serait ébruitée,
Si la donzelle fut restée
Dans l'ombre épaisse projetée
Par la muraille du jardin,
Mais, au milieu du grand chemin,
Au clair de lune, un sien voisin
L'aperçut de son magasin.

Cette histoire, bien qu'on en glose,
Est vraie, et sur ce fait repose
Que le vin est toute autre chose,
Que du Pomard ou du Laroze.

CHANT QUATRIÈME

CHANT QUATRIÈME

De cette longue digression,
Je demande humblement pardon,
Et revenant à Crotillon,
Je reprends ma narration.
Exploitant l'esprit de famille,
Crotillon flanqué de sa fille,
Au jour dit paraît à la grille,
Comme un chien dans un jeu de quille,
Hectorine, broyant du noir,
S'apprêtait à les recevoir,
Mais bientôt son mauvais vouloir
Cédant au légitime espoir
D'une agréable récompense,
Au devant d'eux elle s'avance :
Enfin, vous voici, quelle chance !
Notre excellent curé, je pense,
Étant sorti pour un instant,
Va revenir incessamment.
Dans le salon, en attendant,
Veuillez bien entrer je vous prie.
Puis tout à coup elle s'écrie :
Tenez, il sort de la mairie,
Et prend le long de la prairie.
L'Abbé bientôt apparaissait

A la grille qui se rouvrait,
Et de la main il saluait
Ses hôtes, qu'il appercevait
Aux fenêtres du presbytère :
Excusez-moi, de notre maire
J'ai dû, dit-il, pour une affaire
Intéressant certains confrères,
Solliciter un arrêté ;
Puis il ajoute avec gaieté :
Merci de n'avoir pas douté
De ma franche hospitalité,
Je suis libre, et, dans cette enceinte,
Nous allons fêter, sans contrainte,
Ma patronne, une aimable sainte ;
Hectorine, apportez l'absinthe :
Votre goût pour cette boisson
M'étant connu, cher Crotillon,
J'en ai permis, dans ma maison,
Aujourd'hui l'introduction.
Un déjeuner très confortable,
A ceux de Brice comparable,
Les attendait, et de sa table
L'amphytrion, toujours aimable,
Avec un entrain de bon goût,
Leur fit les honneurs jusqu'au bout,
Tout est parfait, huîtres, ragoût,
Rôti, sucrés, les vins surtout
Dont le bouquet et la nuance
Révèlent ceux des crus de France,
Auxquels, si n'était la dépense,
Tous donneraient la préférence.
Mais le fameux Berchoux l'a dit :

Vient un moment où l'appétit,
De Comus bravant le dépit,
Ouvre ses ailes et s'enfuit.
Par contre, le dessert arrive,
De l'aï la mousse captive,
S'échappe et tendre fugitive
Rend la gaîté plus expansive:
Crotillon devient amusant,
Ingénieux, même savant,
Car à tous, et très couramment
Il dit ce que le *rumb du vent* *
Dans l'art nautique signifie:
Puis de *Comte il se qualifie,* **
Insinuant qu'à la mairie
A son titre, par jalousie,
On refusa d'ajouter foi.
Enfin, il prétend qu'à Brunoy,
Digne des preux de Fontenoy,
Il entendit sans nul effroi
Du germain siffler la mitraille,
Quand, derrière un pan de muraille,
Dissimulant sa longue taille,
Il assistait à la bataille;
On se récrie, et satisfait,
Il faut le croire, de l'effet
Que le récit de ce haut fait,
Sur l'assistance produisait,
Sans attendre qu'on le permette,
S'accompagnant de sa fourchette,
Il entonne une chansonnette,
Que l'abbé trouve peu correcte,
Car il se lève incontinent,

* Thème favori de Crotillon.
** Manie de Crotillon qui fait broder des couronnes de comte sur son linge de table.

Saisit son bras, et l'entraînant,
Lui dit : le café nous attend,
C'est du moka, j'en suis garant :
Puis il éloigne la fillette,
Gentille enfant déjà coquette,
Qui, pour embellir sa toilette,
Va cueillir de la violette.
Nous pourrons, mon cher Crotillon,
Grâce à cette précaution,
Laisser plus d'animation,
A notre conversation;
Une fillette est trop gênante,
La moindre parole imprudente,
Une épithète mal sonnante,
Frappant son oreille innocente,
Peut à la curiosité
Livrer son ingénuité.
Voici du kirsch à volonté,
Du rhum, du cognac, du thé.
Voilà rangés sur la tablette,
Près du papier à cigarette,
Un canif, un porte-allumette.
Plus loin, une large cassette
Où la Havane et le Levant
Du tabac le plus odorant
Ont, sous un aspect différent,
Entremêlé leur contingent.
Pour moi, dans sa gaîne argentée,
Je tiens toujours à ma portée,
Une pipe ultra-culottée
Que d'outre-mer j'ai rapportée.
Le café pris, l'on fait honneur

Tour à tour à chaque liqueur,
L'on rit, l'on cause, et le fumeur
Ne le cède en rien au buveur.
Non, sous le ciel de la Pologne,
Ce pays où fleurit la trogne,
Rarement on trouve un ivrogne
Qui s'acquitte de sa besogne
Mieux que ne le fit Crotillon:
Aussi chaque libation,
Réagissant sur sa raison,
Il toise son amphytrion,
Du Dieu de paix, digne ministre:
Et l'œil déjà teinté de bistre,
Il lui dit d'une voix sinistre:
Ma femme m'a traité de cuistre,
Et je suis sûr que Lucifer,
Tant pour moi ce mot fut amer,
Une heure, sur un gril de fer,
L'a tenue au feu de l'enfer:
Puisse-t-il, par mon entremise,
En faire autant aux gens d'église
Qui, comme vous, ont la bêtise
De me préférer la Marquise,
Et laisse les honnêtes gens,
Pour s'allier aux intrigants,
Qui, sans vergogne, à belles dents,
Croquent le bien de mes enfants.

CHANT CINQUIÈME

CHANT CINQUIÈME

A mesure qu'il déraisonne,
Contre telle ou telle personne,
A sa rancune il s'abandonne,
Tient des propos qu'il assaisonne
De quelque lazzi malséant,
Invente enfin que mère-grand
A de son cautionnement
Exigé le remboursement,
Et, sous le prétexte futile,
Que cet argent peut être utile
A l'homme auquel l'hymen sénile,
Chez elle a donné droit d'asile,
Elle ajoute à ses embarras,
Et compte, à force de tracas,
Le voir bientôt, de guerre las,
S'en délivrer par le trépas.
Mais non, dit-il, elle s'abuse,
A ce crime je me refuse,
Ne voulant pas que l'on m'accuse,
Du fait, qui serait sans excuse,
D'avoir oublié lâchement,
Que mon suicide, en tel moment,
Dans un cruel isolement,
Devait laisser ma pauvre enfant.

Puis changeant de gamme, il murmure,
Au diable ma progéniture,
Si par elle je ne conjure
Avant tout ma déconfiture.
Elle est riche, et peut faire honneur
A mes traites, dont le porteur
En vain du subrogé-tuteur
Réclame instamment la valeur.
Plus il pérore, et plus l'ivresse
Avec rapidité progresse.
Voyant qu'elle grandit sans cesse,
Le pauvre abbé dans sa détresse,
Essaye une diversion,
Dit que la liquidation
Doit laisser, à lui, Crotillon,
Certainement plus d'un million,
Qu'alors il pourra faire face
Au déficit qui le menace,
Se délivrer de cette masse
De créanciers qui le pourchasse,
Et qu'enfin, libre de soucis,
Il reverra ces soirs bénis,
Où gaîment, avec des amis,
L'on soupe au café de Paris.
C'était là le point vulnérable,
Saisit d'un émoi véritable,
Crotillon reprend l'air aimable,
Que naguère il avait à table,
Sourit, et dit en s'inclinant:
Mon cher abbé, décidément
Vous êtes le plus ravissant
Des curés du département.

Et tellement je vous honore,
Que je voudrais jusqu'à l'aurore,
Avec vous festoyer encore,
Et de la soif qui me dévore,
En buvant apaiser l'ardeur,
Sur ce, je bois en votre honneur,
Et vous connaît trop noble cœur,
Pour me refuser la faveur
De choquer avec moi ce verre;
Attaqué de cette manière,
Le bon curé ne pouvait guère
A sa demande se soustraire,
Il trinque donc, et doucement:
Je sors, et reviens à l'instant.
Il ramène en effet l'enfant,
Qu'on doit conduire à mère-grand.
Mais Crotillon qui se démène
En véritable énergumène,
S'arrête et dit: non, Madeleine,
Tu n'iras pas chez ta marraine.
Vert-Vert devenu libertin,
Grâce aux dragons, un beau matin,
A dans un cloître féminin,
Traîté l'abbesse de *Catin,**
Crotillon rouge de colère,
Gratifie alors la grand-mère,
De *ce mot* peu parlementaire,
Mais digne de la chambrière,
Dont l'amour lui fut si cuisant;
Et, par la main, prenant l'enfant,
Criant, sacrant, gesticulant,
Il s'élance hors l'appartement.

* Expression favorite de Crotillon, exacte en cette circonstance.

Le prêtre, homme pratique,
Sachant la mouche qui le pique,
De peur d'une scène publique,
Le laisse partir sans réplique,
Et la bonne, l'œil égaré,
Constate, du couloir vitré,
Que trop tôt son rêve doré
Avec lui s'est évaporé.
Onques, ce gendre atrabilaire,
Après, ne vint au presbytère,
Et la sensible cuisinière,
Depuis ce temps se désespère,
Soupire et pleure tour à tour,
Ne comptant plus sur le retour
De celui qu'elle crût un jour
Être digne de son amour.
Mais au souffle de la jeunesse,
Sur l'aile du temps la tristesse
Promptement s'envole et nous laisse
Comme un regain de la tendresse
Fauchée, hélas! en pleine fleur.
Hectorine dans son malheur
Doit un jour à son pauvre cœur
Octroyer un consolateur,
Un être, à l'âme généreuse,
Dont la tendresse ingénieuse
D'une passion malheureuse,
La rende à jamais oublieuse.
Elle n'a pas, jusqu'à présent,
Trouvé, dit-elle, en soupirant,
Ce modèle du tendre amant.
Mais il paraît, qu'en attendant,

L'impatiente cuisinière,
S'en dédommage au presbytère,
Où, quand l'abbé sort pour affaire,
S'enveloppant d'un doux mystère,
Elle se laisse assez souvent
Enjôler par un dieu charmant,
Bacchus, dont le philtre énivrant
De son cœur endort le tourment.
Las du curé, du presbytère,
Et de la tendre cuisinière,
Crotillon, sur sa belle-mère
Concentre toute sa colère.
Dès lors il donne libre cours
A sa rancune, et tous les jours,
Pour ainsi dire, il a recours
A des procédés qui, toujours,
Ne brillent pas par la finesse,
Le bon goût, la délicatesse,
De ceux de la vieille noblesse,
A laquelle il se dit sans cesse
Par son aïeule appartenir.
Ne sachant plus que devenir,
Ni quel méchant propos tenir,
A tout venant, pour l'attendrir,
Jouant le rôle de victime,
Il prétend qu'on lui fait un crime,
Du désir vain, mais légitime,
Qu'il eut de *sauver de l'abîme*,
La marraine de son enfant,
Laquelle il accuse hautement,
De retenir injustement,
Tous les objets qu'en la quittant,

Il dut abandonner chez elle,
Et dont il faut que je libelle,
Pour en tenir compte fidèle,
Ici, la longue kyrielle.

CHANT SIXIÈME

CHANT SIXIÈME

Crotillon d'abord demanda
Des cadres dont il s'empara;
Puis sans vergogne, il réclama
Force chiffons par-ci, par-là,
Jetés dans quelques coins d'armoire.
Notamment une jupe noire,
Un corsage à boutons d'ivoire,
Et vingt centimètres de moire.
Puis, le plus grand des mannequins,
Où mêlée à des brodequins,
Des jouets d'enfant, des pantins,
Des gravures, de vieux bouquins,
Gît une couronne de comte,
Artistement coulée en fonte,
Dont la possession remonte
A son grand-beau-père, et qu'il compte
Faire encadrer dans son portail.
Puis, sur sa table de travail
Une pipe et son attirail,
Enfin, et pour dernier détail,
Une fine miniature,
Où des nymphes n'ont pour parure,
Dans le cristal d'une onde pure,
Que l'ornement de la nature.

Il est vrai dans les divers lots
De ce fatras de bibelots
Énumérés en quelques mots,
Il ne figure aucun des pots
Dont l'usage ici, par décence,
Doit être passé sous silence.
Mais Crotillon sans doute pense
Qu'à l'abandon de sa faïence,
Il faut des compensations:
Car il demande trois moutons,
Quinze poules, quatre chapons,
Une oie, un couple de pigeons,
Jadis importés de sa terre,
Et desquels tous, la jardinière,
Sauf de l'oie, *un jars si colère,*
Si méchant, qu'on dut s'en défaire,
A, de peur de quelque procès,
Fait dresser l'acte de décès;
Il en serait donc pour ses frais
S'il ne laissait leur cendre en paix.
Par contre, la fermière assure
Qu'aux bêtes de toute nature,
Dont plus haut la nomenclature,
En quelque sorte est la facture,
Il me faut joindre un jeune chat,
Au minois fin et délicat,
A l'œil brillant d'un vert éclat,
Qui vient à bout du plus gros rat.
Pour que la liste soit complète,
Au hache-paille, à la charette,
J'ajoute encore la brouette,
La lessiveuse, l'épinette,

Et, dans la serre du château,
Alignés autour du fourneau,
Deux arbustes, un arbrisseau
Dont à sa femme il fit cadeau.
J'allais oublier cette tente,
En coutil gris, fort élégante,
Qu'on dit, en mil huit cent septante,
Avoir gardé de la tourmente
De la neige des noirs frimas,
Ce spécimen des longs soldats.
Enfin, pour clore les débats
Nés de lapins qu'on ne rend pas,
Je dirai, qu'amateur de chasse,
Il a lâché sur la terrasse,
Pour en acclimater la race,
Une *lapine grosse et grasse*,*
Que dans le parc, on a depuis
Vu cette mère et ses petits
Ronger le long des prés fleuris,
Les jeunes pousses des taillis.
Mais ce fait est sans importance,
Car il a dans cette occurrence,
Perdu par une grave offense,
Le droit d'exercer sa vaillance
Sur ces lapins, que l'an dernier
Il fit traquer dans le hallier,
Et bravement vint fusiller
Aux alentours de leur terrier.
Pour comble, il essaya naguère
De se rendre propriétaire
De la fortune toute entière,
Aux dépens de la belle-mère,

* Revendication de Crotillon à propos de chasse.

Qui, disait-il, à Charenton,
Vu le déclin de sa raison,
Sous peu quitterait sa maison;
Et, d'un air de compassion,
Il ajoutait que sa présence
Pouvant hâter la défaillance
De cette frêle intelligence,
Il dut changer de résidence
Et qu'il a pris ce logement
Joly, propret, juste assez grand,*
Dont la maîtresse enfin comprend,
Son doux besoin d'*épanchement*,**
La grand-mère indignée, hors d'elle,
Répond : vous me la baillez belle;
De l'argent de votre escarcelle
Ai-je pris la moindre parcelle,
A la campagne et à Paris.
Non, je vous ai logés, nourris,
Entretenus, chauffés, blanchis,
Vous, vos enfants grands et petits,
Et toute votre maisonnée
Y compris une haquenée
A vos bambines destinée;
Le tout, pendant plus d'une année
J'omets encore en ce tableau
De faire entrer un seul cadeau,
Ni la dépense qu'au château
Fit souvent plus d'un hobereau
De votre seule connaissance;
Et vous tenez hors ma présence,
Des propos dont l'inconvenance,
Révolterait ma patience,

* Nom cher à Crotillon.
** Expression sentimentale de Crotillon.

Si je prenais au sérieux,
Un maître fat, au cœur haineux,
Qui voit ses calculs odieux
Trompés par un hymen heureux.
D'où je conclus, monsieur mon gendre,
Que ne pouvant plus nous entendre,
Il est urgent d'envoyer prendre
Ce que je crois devoir vous rendre,
Et surtout, ne l'oubliez pas,
Je ne veux plus dans aucun cas,
Si grand que soit leur embarras,
Venir en aide à des ingrats.
De cette histoire véritable
Il appert qu'une femme aimable,
Et de tout point recommandable,
A bon droit d'un gendre intraitable
Peut exiger l'éloignement;
Mais, qu'aux enfants de son enfant
Elle garde résolument
Et sa tendresse et son argent:
Puis, qu'il faut avec énergie,
Patience et philosophie.
Supporter les maux de la vie;
Car le soleil après la pluie
Revient illuminer les cieux,
Et le destin capricieux
Souvent de l'homme courageux
Se plaît à couronner les vœux.
Enfin, qu'un ami d'Épicure
Doit, de peur de mésaventure,
Prendre à l'égard de toute impure
Telle ou telle sage mesure.

Assurément, s'il avait cru
Du paradis se voir exclu,
Adam se serait abstenu
De goûter du fruit défendu.

CHANT SEPTIÈME

CHANT SEPTIÈME

Tel, des sots bravant la colère,
Tour à tour railleur et sévère,
Sans trêve ni pitié, Molière,
Aux mœurs de son temps, fit la guerre,
Tel, autrefois, malin rimeur,
Dans un opuscule vengeur,
J'avais fait rire le lecteur,
Aux dépens d'un gendre sans cœur,
Qui, déguisant sa perfidie,
Sous un faux air de bonhomie,
S'attaque à la mère accomplie,
Dont l'or excite son envie ;
Mais depuis ayant constaté
Des méfaits, dont la gravité
M'imposait la nécessité
De flétrir ce gendre éhonté,
La muse, dans la prévoyance
D'une interminable séance,
M'a refusé son assistance,
Arguant d'une répugnance
Invincible pour Crotillon,
Et j'ai, sans moyen d'action,
A ce sujet, sur sa raison,
Dû supporter son abandon.

Se croyant enfin délivrée,
La muse haletante, effarée,
Montait la colline sacrée,
Quand, des hauteurs de l'Empirée,
L'ayant aperçue, Apollon
Soudain regagne l'Hélicon:
Voulant de sa désertion,
Par elle apprendre la raison,
Il l'aborde, la questionne,
D'un si brusque départ s'étonne,
Et désire mauvaise ou bonne,
Savoir la raison qu'elle en donne.
Ce Crouillon à mon avis
Est, dit-elle, de tout Paris
Le faquin le plus mal appris.
Et pour lui, tel est mon mépris,
Qu'il me fallait, coûte que coûte,
Le laisser là; puis elle ajoute :
Apprends donc, puisque sur ma route,
Pour t'éclairer, tu viens sans doute,
Dieu brillant des arts et du jour,
Que le soir il va tour à tour
A ces prêtresses de l'amour,
Qui peuplent certains carrefours,
Déclarer sa flamme érotique,
Et qu'à l'argot le plus cynique,
Joignant un appoint métallique,
Argument toujours sans réplique,
Il rend son succès décisif.
Le fait n'est que trop positif,
Mais ce n'est pas le seul motif
De mon sentiment répulsif;

Pour ce bellâtre à double face,
Auquel un poil quasi filasse,
Fait une tête si cocasse,
Qu'on en rit dans tout le Parnasse.
Dans le chant qui vient de finir
J'ai dit, tu dois t'en souvenir,
Qu'ami du facile plaisir,
Il prit longtemps pour se guérir
D'un coup de pied de Cythérée,
Chaque jour de la Centaurée,
Et dans un verre d'eau sucrée,
Une pilule préparée
Par les soins d'un fameux docteur,
Rival d'abord, puis successeur
De ce grand Boyveau Laffecteur,
Dont la mémoire est en honneur
Chez les disciples d'Epicure.
Puis je t'ai conté l'aventure
De cette cuisinière obscure,
Véritable caricature,
De laquelle il sut, à la cure,
Incomparable séducteur,
Égratigner le pauvre cœur.
Enfin j'ai narré, du Pasteur,
La joie ou plutôt le bonheur
Quand, se fiant à l'apparence,
Il se berça de l'espérance
D'amener, par son influence,
Crotillon à résipiscence.
Et revenu de son erreur,
Le regret du digne pasteur,
D'avoir jugé d'après son cœur

Celui de ce damné jongleur,
Pour ne pas dire davantage.
Parfois, il arrive au village
Que la personne la plus sage,
Est victime d'un commérage;
Toujours est-il, à cet égard,
Qu'une intrigue ourdie avec art,
Dont le beau sexe prit sa part,
Du prêtre entraîna le départ.
Ce fut un acte de vengeance,
Il avait commis l'imprudence,
A propos d'une redevance,
De manquer de condescendance
Envers un notable du lieu,
Lequel, au ministre de Dieu,
En voulut tant, que peu à peu,
A force d'attiser le feu,
Il parvint à faire remettre
A l'Évêché lettre sur lettre,
Traitant de rien moins que de reître
Et de Tartuffe le bon prêtre.
De l'intérêt, l'étroit lien,
Enserre hélas même un chrétien;
En chaire, Monsieur le Doyen,
De son neveu dit trop de bien
Et pas assez de ce confrère,
Que dans un autre presbytère,
Monseigneur obligea naguère
D'aller planter sa crémaillère.
Laissant là ce triste sujet,
Je vais, sous le sceau du secret,
De Crotillon, bien qu'à regret,

Te révéler un gros méfait.
Rappelle-toi, pour me comprendre,
Que, toujours faible pour ce gendre,
Qui, volontiers la ferait pendre,
La grand'mère lui laissa prendre
Tous les objets qu'il réclamait;
Mais au bélître qu'importait,
Huit jours après il pénétrait
Dans son hôtel, et s'emparait
De deux tableaux, genre Cythère,
Que dans le temps, feu son beau-père
Fit encadrer, et qu'un notaire,
A tort, omis dans l'inventaire.
L'impunité de ce délit
Fit que plus tard il prétendit
Se trouver indûment inscrit,
Dans la vente, un superbe lit,
Dont il était propriétaire,
Sur ce requis, le commissaire,
Estimant ne pouvoir mieux faire,
Fit mettre le lit en fourrière,
En attendant qu'un magistrat
Ait statué sur le débat.
Crotillon, soit qu'il reculât
Devant la crainte d'un éclat,
Soit que sa vanité blessée
Fût au silence intéressée,
Ou que déjà, dans sa pensée,
Dans ce genre fort exercée,
Il eût arrêté d'obtenir,
Par la ruse, et sans coup férir,
Le lit, objet de son désir,

Feignit de voir avec plaisir
L'expédient du commissaire,
Et le loua de la manière
Dont il avait traité l'affaire.
Mais aussitôt que le cerbère
Eut, sur le dernier visiteur,
Fermé sa porte avec bonheur,
Prenant des airs de grand seigneur,
Devant le commis du priseur,
Crotillon lui dit du ton rude,
Dont, pour masquer sa platitude,
Il a contracté l'habitude:
Ayant l'entière certitude
Que demain le lit contesté
Restera ma propriété,
Je veux qu'à l'instant, démonté
Par vos hommes, il soit porté
Sans retard chez mon ébéniste.
Et sur ce point surtout j'insiste,
Car, dans cet hôtel, il existe
D'autres objets dont j'ai la liste,
Et qui dans mon appartement
Demain, par vous également,
Seront transportés nuitamment;
Allez, je paierai grassement,
Soyez en certain, votre course,
Reprit-il, frappant sur sa bourse,
Jamais un homme de ressource
Ne s'expose à tarir la source
D'où la fortune peut jaillir,
Et dans l'espoir de l'obtenir,
Il ensemence l'avenir;

Aussi le commis va chosir,
Parmi les hommes qu'il dirige,
Un ouvrier, son homme lige,
Qui, pour couper court au litige,
D'un fort laiton, courbant la tige,
Dans la serrure l'introduit,
Et tourne si bien, qu'il finit
Par ouvrir sans le moindre bruit
La pièce où fut casé le lit,
Que l'on transporte dans la rue,
Et sous cette forme imprévue,
La question est résolue.
Le lendemain, la nuit venue,
Notre héros sans sourciller,
A l'aide du même ouvrier,
Fait enlever de ce palier,
Où prend naissance l'escalier,
Une grille en fer de Hongrie,
Chef-d'œuvre de serrurerie,
Qu'on va cacher dans l'écurie,
En attendant qu'on la charrie
Plus tard dans sa propriété.
Mais bientôt ce vol éhonté,
Par le cerbère est éventé,
Et craignant d'être inquiété,
Pour l'acte qu'il a fait commettre,
Crotillon dit dans une lettre,
A son avoué, de promettre
Qu'en place il va faire remettre
Cette grille que, par erreur
Sans doute, un zélé serviteur
Mit de côté pour le vendeur

Au détriment de l'acquéreur.
Grand'mère, à demi satisfaite,
Dut accepter cette défaite;
Mais au château, quand plus complète,
L'autre vente allait être faite,
A son très grand étonnement,
Par un serviteur, elle apprend
Que la grille est, en ce moment,
Mêlée aux objets que l'on vend;
Et que bien plus, monsieur son gendre,
Impudemment, ose prétendre
Qu'il a le pouvoir de la vendre:
Le commissaire la fait prendre,
Puis renfermer dans la maison,
Et, saisi d'indignation,
Il en inflige, à Crotillon,
La méprisante expression.

CHANT HUITIÈME

CHANT HUITIÈME

Ivre de honte et de colère,
Crotillon, sur sa Belle-mère,
Au moyen d'une surenchère,
Veut se venger du commissaire.
Il sollicite un rendez-vous
D'un sien voisin, riche et jaloux,
Et, dissimulant son courroux,
D'un air sentimental et doux,
Il lui dit : Je suis en présence
D'un homme dont personne, en France,
N'a jamais eu de la finance
Aussi parfaite connaissance;
Dès lors, ce ne peut être en vain
Que j'aurai pris le premier train,
Pour l'avertir qu'après demain,
On vend, pour un morceau de pain,
Une habitation princière,
Dans laquelle ma Belle-mère,
Aujourd'hui noble douairière,
Réside au milieu d'une terre,
Que l'on appelle justement
La perle du département;
Terre où, dans un parc charmant,
L'utile est joint à l'agrément.

D'une élégante architecture,
Un fier Castel, de sa toiture,
Baigne la fine découpure
Dans un océan de verdure.
Ici, de son front orgueilleux,
Le chêne atteint l'azur des cieux;
Là, Flore étale sa parure,
Plus loin, du roc, une onde pure
S'échappe avec un doux murmure.
Et partout l'art, à la nature,
Ajoute quelqu'enchantement,
Au point qu'on est tenté vraiment
D'admirer indéfiniment
Ce paysage ravissant.
Autant que le parc et la serre,
Le Castel a le droit de plaire,
D'un immense calorifère,
La vapeur, plus ou moins légère,
Selon les besoins du moment,
Pénètre chaque appartement,
Que, sur les portes retombant,
D'épais tissus gardent du vent,
De grands salons du meilleur style,
Décoré par un peintre habile,
Un escalier large et facile,
Et des parquets, comme à la ville,
Recouverts de riches tapis,
De ce délicieux logis,
Ont fait un petit paradis,
Encombré de fleur et de fruits.
Pour l'avoir, il faut laisser faire
La vente comme à l'ordinaire,

Ensuite, à l'ombre du mystère,
Préparer une surenchère,
Qui, le jour même où finira
Le délai prescrit, tombera
Comme une bombe, et brisera
Enchère, vente et cætera.
A ce sujet, je dois vous faire
Observer qu'un adroit notaire,
Ayant voulu scinder la terre,
En fit deux parts, dont la première
Comprend le parc et le château;
A deux pas, au flanc du côteau,
Dans un parc, il est vrai, moins beau,
Moins spacieux, moins pourvu d'eau,
Une maison fraîche bâtie,
Au genre du parc assortie,
Forme la seconde partie,
Et de la terre, ainsi lotie,
Un vieil expert fort entendu,
A basé sur le contenu,
Sur le sol et le revenu,
Le prix auquel serait vendu
Chaque lot et sa dépendance,
Le deuxième, à ma convenance,
N'ayant d'aucune concurrence
A redouter la conséquence,
Grand'mère en donne l'assurance,
Si de la grande portion,
Lors de l'adjudication,
Elle est mise en possession,
Au prix de l'estimation.
A mes intérêts, toute enchère,

En ce moment serait contraire,
En ma faveur, le mieux à faire
Serait donc une surenchère,
Laquelle, et c'est là l'important,
Ne viendrait qu'au dernier moment,
Et trop tard pour que mère-grand,
A mon égard, en fasse autant.
Ce qui serait chose cruelle
Pour ma tendresse paternelle,
Car je puis dans mon escarcelle,
Me prévalant de ma tutelle,
Faire passer furtivement,
Pour doter plus tard mon enfant,
Une forte somme d'argent,
Que je veux tirer d'un parent,
Dont la compagne, accorte et fine,
Depuis quelque temps me câline,
Et, j'en suis certain, s'imagine
Que je vais pour sa gente mine,
A son époux, au prix comptant,
Céder ce lot au détriment
De la sensible et douce enfant
Que j'aime si profondément.
Mais je le sens, votre pensée,
Par un soupçon est traversée,
Et pour vous, n'étant pas forcée,
Ma démarche est intéressée.
N'en croyez rien, de mes enfants
L'intérêt seul fait que céans,
J'ai dû venir, à travers champs,
Vous porter ces renseignements.
J'en conviens, avec l'espérance,

Je dirai plus, la confiance
Que pour eux, votre bienveillance
Plus tard sera la récompense
Du service, qu'en ce moment,
Sans condition je vous rends.
Le financier, le regardant
De l'air le plus encourageant
Répondit: Ma reconnaissance
Vous est due, et si j'ai la chance
D'avoir, malgré la concurrence,
Un bien de si grande importance
Pour deux cinquième d'un million,
Vous aurez, j'en signe le bon,
Dix pour cent de commission
Sur le prix d'acquisition.
J'écris à mon homme d'affaire
De jouer, à la Belle-mère,
Dont l'intérêt vous est contraire,
Ce bon tour peu fait pour lui plaire.
Puis, d'un geste de grand seigneur,
Il salua le visiteur,
Lequel, ravi de tant d'honneur,
Courut abriter son bonheur,
Dans cette même brasserie,
Où de nectar et d'ambroisie,
Jadis l'avait gavé Marie,
Soubrette alors jeune et jolie.
Et, le bock en main, sans façon,
Longtemps de sa commission
Dans ce lieu de promission,
Il célébra l'illusion.
Cependant, malgré son langage,

Le financier, prudent et sage,
Avant qu'à fond il ne s'engage,
Veut se renseigner davantage;
Car il a sû de bonne part,
Par l'effet du plus grand hasard,
Que Crotillon n'est qu'un vantard,
Apre au gain, menteur et bavard,
Et ça lui trotte dans la tête
A tel point, qu'il se met en quête
D'un homme intelligent, honnête,
Et trouve un préfet en retraite
Qui, voulant toujours, soi-disant,
Acquérir un bien important,
Se prête merveilleusement
Aux exigences du moment.
Je veux être adjudicataire,
Lui dit-il, d'une belle terre
Confinant au bien, dont naguère
Je devins le propriétaire,
Aussi j'ai la conviction,
Vu cette situation,
Que si je figurais en nom
Lors de l'adjudication,
Qui, pour cause de surenchère,
Dans un court délai doit se faire,
Une certaine Belle-mère
Pousserait si haut cette terre,
Qu'il me faudrait y renoncer,
Si non de beaucoup dépasser
Le prix que j'ai dû me fixer.
Je me suis donc pris à penser,
Qu'en ami me venant en aide,

A cette crainte qui m'obsède
Vous pourriez bien, portant remède,
Consentir à ce qu'on procède
Sous votre nom, autrement dit,
Qu'à temps, au greffe, soit inscrit
Tout acte par la loi prescrit
A titre de préliminaire,
Pour former une surenchère.
Quant à la somme nécessaire,
A cet effet, chez mon notaire,
Ce matin je l'ai fait porter.
Puis-je dès lors sur vous compter ?
L'autre répond sans hésiter :
Je suis très heureux d'accepter
Un mandat de cette importance,
Daignez agréer l'assurance
De toute ma reconnaissance,
Pour cet acte de confiance.
Il comptait de ce parvenu,
De sa fortune si féru,
Se faire, le moment venu,
Payer le service rendu.
Bientôt après la Belle-mère,
Au palais, sans la moindre enchère,
Fut, de sa superbe terre,
Déclarée adjudicataire.
Et le jour du délai fatal,
Un avoué fort matinal,
Vint au greffe du tribunal,
En vertu d'un acte légal,
Rendit nul et non avenu
La vente naguère obtenue.

Cette manœuvre inattendue,
Dont grand'mère fut très émue,
Entraîna de nouveaux délais,
Et par suite, à ceux déjà faits,
Ajouta bon nombre de frais;
Augurant d'un premier succès
Une réussite complète,
Le trio se montant la tête,
Enumérait, comme Perrette,
Déjà les fruits de leur conquête.
Toutefois, le prudent richard,
Qui ne laisse rien au hasard,
Ayant pris le préfet à part,
Le pria d'aller sans retard,
Revoir encore le domaine,
Y compter, sans craindre sa peine,
Les meules de foin dans la plaine,
Et dans le bois les pieds de chênes.
Jusqu'au moindre coin et recoin,
Le prête-nom, avec grand soin,
Explora tout, même au besoin,
Il eût du parc goûté le foin,
Et tout comme lui la préfète
S'étant, de cette agreste enquête,
Fait une véritable fête,
S'en retourna très satisfaite,
Emportant dans sa maigre main,
Les roses, dont le châtelain,
Dans l'espoir d'un retour prochain,
Qu'hélas il attendit en vain,
Avait voulu lui faire hommage.
Aussi de ce charmant voyage,

L'heureux couple, dans un message,
Fit-il un si grand étalage,
Que le financier, tout joyeux,
Le jour même, accourut chez eux,
Et du ton le plus gracieux:
Merci, dit-il, à vous tous deux;
Je vais, grâce à votre obligeance,
Pouvoir comparer à l'avance,
Les revenus et la dépense,
Partant, dresser une balance,
Nécessaire à tout acquéreur.
Sur le prix de votre labeur,
Pour acompte déjà mon cœur,
De ses vœux, pour votre bonheur,
Vous offre, ne pouvant mieux faire,
L'expression la plus sincère,
Mais, si je suis propriétaire
De cette magnifique terre,
Comptez sur moi, comme sur vous
Fermement je compte, et tout doux
Comme un pied plat, un grippe-sou
Il prend congé des deux époux.
Le lendemain, quand il s'éveille,
Saisi d'une ardeur sans pareille,
Il va, croyant faire merveille,
Chez son avoué, le réveille,
Et sans plus d'égard lui remet,
Le détachant de son carnet,
Tout noir de chiffres, un feuillet
Qu'il plie en forme de billet:
J'ai d'une attaque de jaunisse,
Dit-il, constaté quelqu'indice

Et de crainte que je ne puisse
Venir, au palais de justice,
Me placer à votre côté,
Sur ce papier est minuté
Le chiffre, auquel j'ai limité
L'achat de la propriété,
Sur qui porte ma surenchère.
Et, laissant là l'homme d'affaire,
Il va tout droit, chez son notaire,
Voir s'il a fait le nécessaire,
C'est-à-dire apprêté l'argent
Qu'il lui faut pour payer comptant
Le domaine, dont il prétend
Être maître au premier moment.
Le jour indiqué pour la vente,
Grand'mère, qu'on disait souffrante,
Au palais, contre toute attente,
Se présentait fière et pimpante.
Dans la salle, l'ancien préfet,
Stylé par l'autre, pénétrait,
Près de l'avoué se plaçait,
Et la séance enfin s'ouvrait:
A qui mieux mieux, chaque adversaire
Fait hausser le prix de la terre,
Mais toutes les fois que l'enchère
Est mise au nom de la Grand'mère,
Le préfet, sous l'impression
D'une pénible émotion,
Murmure: Pourtant Crotillon,
Avant l'adjudication,
Et je crois qu'il était sincère,
Affirmait que sa Belle-mère

Était trop petite rentière
Pour nous gêner dans cette affaire.
Mais l'avoué le stimulait,
Et de plus belle il se lançait;
Bref, ayant vu qu'il dépassait
Le chiffre fixé pour l'acquêt,
Il se lève blanc de colère,
Quitte la salle, et de sa terre,
Sans conteste, la Belle-mère
Redevient adjudicataire.

CHANT NEUVIÈME

CHANT NEUVIÈME

Tour à tour, patelin, brutal,
Crotillon accueillit fort mal,
Et même traita d'animal,
Le clerc qui vint du tribunal,
Tout essoufflé, la tête nue,
De la vente annoncer l'issue.
Outré de sa déconvenue,
L'œil en feu, la main étendue,
Menaçante vers le palais,
Il en barre aux passants l'accès,
Si bien qu'un gardien de la paix,
Sans autre forme de procès,
Vous le conduit au corps de garde,
En voyant sa mine blafarde,
Le chef, d'une voix goguenarde,
Lui dit : Vrai, plus je vous regarde,
Plus je suis heureux de vous voir,
Car de vous je tiens à savoir
Pourquoi vous barrez le trottoir ?
En se voyant en son pouvoir,
Crotillon, dont la voix hautaine
Devient humble dans la déveine,
Dit au brigadier : Capitaine,
De ce ne soyez point en peine,

Averti sans ménagement,
Par un rustre, du dénouement
D'un procès qui, pour le moment,
Met tous mes calculs à néant,
Je fus pris d'un accès de bile
Au beau milieu du péristyle,
Et près de la porte, immobile,
J'en ai dû rendre moins facile
L'entrée à ces maudits hâbleurs,
Basochiens ou procureurs,
Qui, véritables exploiteurs,
Grugent les malheureux plaideurs.
Le brigadier, vieux militaire,
Dans le service était sévère,
Mais juste, et du pauvre hère,
Croyant la réponse sincère,
Il lui dit : Monsieur, quant à moi,
A ce récit j'ajoute foi,
Et comme il existe une loi
Qui veut que nul, hors de chez soi,
Ne reste aux mains de la justice,
Pour simple délit de police,
Vous en aurez le bénéfice,
Allez, et que Dieu vous bénisse.
A ces derniers mots, Crotillon
Fit une salutation
Si profonde, que du menton
Il effleura son pantalon,
Puis, redressant sa longue taille,
Il fila, longeant la muraille,
En murmurant : Vieille canaille,
Suppôt du diable, rien qui vaille,

Tu me paieras le sans façon
Avec lequel, dans ta maison,
Pour ne pas dire ta prison,
Tu m'as traité, moi, Crotillon,
Naguère le chef d'une agence
Qui, si grande est son importance,
Qu'à chacun, moyennant finance,
Elle donne la connaissance
Des faits et gestes du prochain,
Moi qu'on aurait, sur le terrain,
Rencontré l'épée à la main
Plus d'une fois, si mon dédain
De l'insulte n'eût fait justice.
Se disant, dans l'ombre il se glisse
De peur qu'on ne le ressaisisse,
Et gagne à temps un lieu propice
A ceux dont une émotion
A troublé la digestion;
Enfin au railway de Lyon,
Pestant contre l'homme d'affaire,
Si bien roulé par son confrère,
Il prend le train, et, dans sa terre,
S'en va seul cuver sa colère.
Mais ni les pampres du côteau,
Ni le murmure du ruisseau,
Serpentant sous un vert arceau,
A travers les prés du château,
Ni l'enfant, qui cherche sans cesse,
Par une nouvelle caresse,
A lui témoigner sa tendresse,
Ne peuvent calmer sa tristesse.
La nuit de sombres visions

Redoublent ses émotions,
Il pleure ses commissions,
Comme Auguste les légions
Que, de Varus, l'impéritie
Fit massacrer en Germanie.
Tout le fatigue, tout l'ennuie,
Et même, oublieux de Marie.
Son seul désir est à présent
De pouvoir, n'importe comment,
Réparer la perte d'argent,
Qui l'atteint si cruellement.
Aux enfants, si la surenchère
A fait du bien, elle ôte au père
La ressource du numéraire,
Avec lequel il eût fait taire
Plus d'un créancier trop pressant.
Il lui faut donc absolument
Inventer un expédient,
Qui le sauve pour le moment.
Il songe alors qu'avant la vente,
Grâce aux bons soins d'une parente,
Aussi tendre qu'intelligente,
Il s'était produit une entente,
Par laquelle, lui, Crotillon,
Du deuxième lot, sous son nom,
Poursuivrait l'acquisition,
A l'expresse condition
De le céder, l'heure venue,
Au parent qui l'avait en vue,
Lequel parent fit la bévue,
Croyant la chose superflue,
En traitant avec des amis,

De ne pas stipuler le prix
Auquel, par lui, serait repris
Le lot sorti de l'indivis.
Lors, se dit-il en conscience,
Je puis, dans cette circonstance,
Me prévaloir d'une imprudence,
Qui, du salut, m'offre la chance.
Aussi pour la transmission
Du domaine acquis sous son nom,
Il émet la prétention
D'une rémunération.
Sur ce point je suis intraitable,
Dit-il au parent, mais que diable,
Quand on se montre raisonnable,
On peut traiter à l'amiable.
Moi, pour signer l'engagement,
Je vous demande simplement
Le tiers du prix payé comptant,
De plus il nous faut l'agrément
Du subrogé, mais le bonhomme
Moins âpre que le petit Pomme
Est cependant fort économe,
Et certes pour palper la somme,
Revenant au tabellion,
Pour l'acte de transmission,
Il se montrera, j'en réponds,
De bonne composition.
Cette insanité malhonnête
Soulève une telle tempête
Que, Crotillon perdant la tête,
Incontinent bat en retraite,
Et que le pauvre subrogé,

Que de sa cause il a chargé,
Pendant trois jours est obligé
De lutter comme un enragé,
Et sans le moindre auxiliaire,
Contre le gendre et le beau-père
Qui ne trouvent, dans leur colère.
Aucune phrase assez amère,
Pour peindre l'indignation,
Que leur inspire, avec raison,
Le procédé de Crotillon;
Telle est du moins la version
Que, d'un témoin auriculaire,
Par ruse, a recueilli naguère
Un curieux, qui d'ordinaire
En sait plus long qu'une portière.
Déçu dans son espoir d'argent,
Crotillon ne sait plus comment
Opérer le remboursement
Du prêt que lui fit mère-grand,
Sans qu'il ait de sa signature
Revêtu la moindre écriture;
Enfin, sa perverse nature
Lui suggéra que la droiture,
Vieux préjugé qui fleurissait
Au temps ou Bayard guerroyait.
Devait céder à l'intérêt,
Aujourd'hui que s'accomplissait
Chez nous le grand progrès civique,
Grâce auquel, dans la république,
A l'aide de la politique,
On tarit l'épargne publique,
Tel, pour se construire un radeau,

Le gouvernement, qui dans l'eau
Voit disparaître son vaisseau,
Rumine un subside nouveau;
Tel, Crotillon, toujours avide,
Cherche à remplir son coffre vide;
Et franchement ne se déride
Qu'à l'heure même où se liquide
La fameuse succession:
Debout, en contemplation
Devant la caisse où le million,
Gardé par le tabellion,
A si longtemps, de sa tutelle,
Prolongé l'attente cruelle,
Il ne peut se détacher d'elle.
Enfin le premier clerc l'appelle,
Et l'introduit dans le salon,
Où trône le tabellion,
Qui préside la réunion,
Et va, de la succession,
A l'instant même, à l'assistance,
Dont il réclame le silence,
Faire connaître l'importance;
Tel est des chiffres l'éloquence,
Dit-il, en prenant un papier,
Qu'elle a fait, qui peut le nier,
Pâlir celle de Berryer.
Voici, jusqu'au moindre denier,
Comment, par nous, est répartie
La somme dont chaque partie,
Tout compte fait, bénéficie,
Et sans que je vous initie
Aux multiples combinaisons

Que la loi des successions,
Impose à nous tabellions,
En pareilles occasions;
Je dois, avant la signature,
Vous donner complète lecture
De cet acte, dont l'écriture
Est sans surcharge ni rature.
Dès qu'il l'a lue, par mère-grand,
Au gendre est réclamé l'argent
Prêté si gracieusement,
Mais le gendre hésite un moment,
Cherchant un moyen dilatoire,
Pour échapper à ce déboire,
Puis il répond : Il faut le croire,
Les ans ont troublé sa mémoire,
Elle confond, assurément,
Jamais sans reçu, mère-grand,
Je puis en faire le serment,
Ne m'aurait prêté de l'argent.
A l'appui de votre réclame,
Que nous produisez-vous, Madame?
Rien! dit-elle, mais sur mon âme,
Monsieur commet un acte infâme.
Le défaut de production
Du reçu du sieur Crotillon
Me force à lui donner raison,
Répondit le tabellion,
Mais d'autre part, je certifie,
Dit-il, le prenant à partie,
Qu'il vous fut, par mes soins, fournie
Certaine somme, et je vous prie
D'en verser ici le montant.

Non, reprit-il, effrontément,
Pour cent pistoles ma jument
Fut colloquée à mère-grand,
Et, dans plus d'une circonstance,
J'ai fait pour elle une dépense,
Qui, certes, largement compense
La valeur de cette créance.
Or, la jument, il la vendit *
Beaucoup moins cher qu'il ne le dit,
Et la dépense, il ne la fit,
Bien entendu, qu'à son profit.
Et voici de quelle manière
Crotillon parvint à soustraire
L'argent qu'avait, à sa misère,
Si noblement prêté grand'mère.
Je suis fixé, dit Apollon,
Vous avez eu cent fois raison,
Il fallait le quitter, sinon
Le perdre dans l'opinion
De tous ceux pour qui la noblesse
Est synonime de prouesse,
D'équité, de délicatesse,
Et qui prisent moins la richesse
Que l'honneur et la probité.
A la muse, la déité
Rendit alors sa liberté,
Et chacun prit de son côté.

---

* Elle était vendue 600 francs et dix témoins peuvent l'attester.

ÉPILOGUE

Si tel frondeur que je récuse
D'une indiscrétion m'accuse,
Osant prétendre que j'abuse
Des confidences de la muse
Je lui répondrai que, surpris
Par un sylphe de mes amis,
Ce colloque me fut transmis
Pour que je puisse, à tout Paris,
Signaler un vil hypocrite,
Que d'autrui le bonheur irrite,
Et dont, noyé dans l'eau bénite,
Sur la vertu, sur le mérite,
Le fiel en bave rejaillit.
Je crois donc, et ca me suffit,
L'avoir à bon droit reproduit;
Sur ce, je reprends mon récit
Le bruit court, dans le populaire,
Que Crotidon s'est fait naguère,
Mettre à la porte de Cythère,
Et que Diane, moins sévère
Qu'au temps du chasseur Actéon,
En ayant eu compassion,
Il a du bel Endymion
Recueilli la succession;
Il n'en est rien, si la déesse
S'était permis une faiblesse,
Elle eût mieux placé sa tendresse,
Pour Diane la chasseresse,

Assurément l'on aura pris
Une de ces blondes houris,
Que Mahomet fait, à Paris,
Recruter pour son paradis;
Quant à Vénus, si son caprice,
De Crotillon a fait justice,
On le conçoit, ce sacrifice
Est pour elle tout bénéfice;
L'une et l'autre divinité,
De notre homme, ont démérité,
Car si l'une l'a rebuté,
L'autre ne l'a point accepté,
Et de plus, comme il est sans cesse
En extrême délicatesse,
Avec Thémis, autre déesse,
Il a reporté sa tendresse
Sur le dieu qui, bravant Junon,
Ravit la lyre d'Apollon,
Ce dieu, dont Mercure est le nom,
Seul de l'Olympe, à Crotillon,
Avec Bacchus, fait bonne mine,
Et de cette faveur divine,
Si facilement l'on devine
Le caractère et l'origine,
Que, sans plus d'explication,
J'ai, de la situation,
Cru devoir à l'opinion
Laisser l'appréciation.

FIN

www.ingramcontent.com/pod-product-compliance
Ingram Content Group UK Ltd.
Pitfield, Milton Keynes, MK11 3LW, UK
UKHW020309220726
13923UKWH00003B/1045

9 782019 294380